AF357426

4 Avril 1910

marque Pqq N

VENTE
DES
4, 5 et 6 Avril 1910

HOTEL DROUOT, SALLE 1

à deux heures

TABLEAUX

ANCIENS & MODERNES

Objets d'Art & d'Ameublement

MEUBLES

EXEMPLAIRE DE H. STETTINER

COMMISSAIRE PRISEUR

Me HENRI BAUDOIN

Successeur de Me PAUL CHEVALLIER

EXPERTS

M. G. SORTAIS

MM. G. DUCHESNE & R. DUPLAN

CATALOGUE

DE

TABLEAUX

Anciens & Modernes

PAR

BEAUBRUN, F. BOL, BONVIN, S. BOURDON, COUTURE
EUG. DELACROIX, DETAILLE, EISEN, HARPIGNIES, CH. JACQUE, N. DE LARGILLIERRE
MIEREVELT, MIGNARD, MONNOYER, S. RUYSDAEL, DE WITT, ETC.

AQUARELLES, PASTELS, DESSINS

PAR

BERCHÈRE, BOUCHER, CASANOVA
CHARLET, DECAMPS, DETAILLE, HUET, ISABEY, ETC.

Objets d'Art & d'Ameublement

PORCELAINES ET FAIENCES — OBJETS VARIÉS

Sculptures -- Bronzes d'art -- Armes

BRONZES D'AMEUBLEMENT

MEUBLES & SIÈGES ANCIENS & MODERNES

Armoires, Secrétaires, Commodes, Tables, Consoles, Vitrines, etc.

BILLARD DE POULAIN — PIANO DROIT D'ÉRARD

DONT LA VENTE AURA LIEU A PARIS

HOTEL DROUOT, Salle N° 1

Les Lundi 4, Mardi 5 et Mercredi 6 Avril 1910, à 2 heures

COMMISSAIRE-PRISEUR

M⁰ HENRI BAUDOIN, Successeur de M⁰ PAUL CHEVALLIER

10, rue Grange-Batelière. 10

EXPERTS

Pour les Tableaux :

M. GEORGES SORTAIS

11, rue Scribe, 11

Pour les Meubles et Objets d'art :

MM. G. DUCHESNE & R. DUPLAN

10, rue Rossini, 10

EXPOSITION PUBLIQUE

Le Dimanche 3 Avril 1910, de 2 heures à 6 heures.

CONDITIONS DE LA VENTE

Elle sera faite au comptant.

Les adjudicataires paieront **dix pour cent** en sus des enchères.

L'Exposition mettant le public à même de se rendre compte de l'état et de la nature des objets, aucune réclamation ne sera admise une fois l'adjudication prononcée.

Paris. — Imp, Georges Petit, 12, rue Godot-de-Mauroi. — 20498-10

DÉSIGNATION

Aquarelles, Dessins, Gravures

BARBIER-WALBONNE (Jacques-Luc)

1 — *Scènes de la campagne d'Italie.*

Deux aquarelles signées.

Haut., 28 cent.; larg., 40 cent.

BERCHÈRE (Narcisse)

2 — *Halte dans le désert.*

Aquarelle.
Signée en bas, à gauche.

BOUCHER (François)

3 — *Pastorale.*

Un pâtre debout et sa femme assise à terre, tenant un enfant sur ses genoux, gardent des moutons.
Dessin au crayon noir rehaussé.

BOUCHER (D'après François)

4 — *Jeune paysanne et enfant jouant dans la campagne.*

Dessin à la sanguine.

BOUCHER (École de François)

5 — *Baigneuses.*

Dessin ovale à la sanguine.

CASANOVA

DEUX PENDANTS

6-7 — *Scènes de la vie de camp.*

Sépia rehaussée de gouache, sur papier gris.

Haut., 37 cent.; larg., 46 cent.

CHARLET

8 — *On ne passe pas.*

Important dessin à la sépia.
Signé au bas : *Charlet.*
A été lithographié.

CHARLET

9 — *L'Empereur Napoléon Ier.*

Dessin à la sépia.
Signé en bas, à gauche.

COGNIET (Léon)

10 — *Italienne à la fontaine.*

Dessin à la sépia.
Signé en bas, à droite.

Haut., 23 cent. 1/2 ; larg., 18 cent.

DECAMPS

11 — *Soldat albanais.*

Aquarelle.
Signée en bas, à gauche.

Haut., 26 cent.; larg., 19 cent.

DETAILLE (Édouard)

12 — *Un hussard.*

La main gauche appuyée sur son sabre, le bras droit passé dans la bride de son cheval placé derrière lui, il semble attendre un ordre.

Aquarelle.

Signée et datée en bas, à gauche : *Édouard Detaille, 1872.*

Haut., 38 cent. ; larg., 28 cent.

DETAILLE (Édouard)

13 — *La Retraite.*

Dessin à l'encre de Chine.

Signé et daté en bas, à gauche : *1886.*

Haut., 19 cent.; larg., 24 cent.

ÉCOLE FRANÇAISE (XVIIe siècle)

14 — *Le Triomphe de Flore.*

Feuille d'éventail.

Gouache.

Haut., 26 cent.; larg., 40 cent.

Cadre Louis XIV, bois sculpté et doré.

ÉCOLE FRANÇAISE (XVIIIe siècle)

15 — *Portrait de femme.*

Au milieu d'un paysage, une jeune femme, assise dans un fauteuil, joue de la harpe.

Pastel.

Haut., 61 cent. ; larg., 49 cent.

ECOLE FRANÇAISE (Fin du XVIIIe siècle)

16 — *La Promenade au jardin public.*

Aquarelle.

ÉCOLE FRANÇAISE
(Commencement du XIXe siècle)

17 — *Les Boulevards et la porte Saint-Martin.*

Aquarelle.

ÉCOLE FRANÇAISE (XIXe siècle)

18 — *Pêcheurs au bord d'un lac.*

Aquarelle.

ÉCOLE HOLLANDAISE

19 — *Portrait présumé de Rembrandt en guerrier.*

Dessin aquarellé.   Haut., 17 cent.; larg., 14 cent.

HUET (J.-B.)

20 — *Jeune paysanne dans un parterre fleuri, gardant ses moutons.*

Important dessin aquarellé.
Signé et daté en bas : *J.-B. Huet, 1788.*

ISABEY (Attribué à J.-B.)

21 — *Portrait d'homme en buste.*

Miniature ovale sur ivoire.

Haut., 11 cent.; larg., 9 cent.

ISABEY (Eugène)

22 — *L'Église Saint-Eustache à l'entrée de la rue Montmartre.*

Aquarelle.   Haut., 26 cent. 1/2 ; larg., 20 cent.

ISABEY (D'après J.-B.)

23 — *Isabey et sa famille. Grande lithographie par Aubertin.*

LE BRUN (D'après)

24 — *Le Triomphe d'Alexandre.*

Gouache.

LEGENDRE (Louis-Félix)

25 — *Portrait de Louis XVIII.*

Aquarelle.

NOEL (Alexandre-Jean)

26 — *Un coup de vent dans une rade.*

Gouache.

Haut., 64 cent.; larg., 95 cent.

Salon de 1800.

NOEL (Alexandre-Jean)

27 — *Le Naufrage.*

Par une mer houleuse, des pêcheurs ramènent sur les rochers le corps d'une jeune femme; plus loin, une goélette désemparée lutte contre la fureur des flots.

Gouache.

Signée en bas, à gauche.

Haut., 52 cent.; larg., 64 cent.

NOEL (Alexandre-Jean)

28 — *Effet de lune.*

Au centre, des pêcheurs se détachent sur la mer que la lune éclaire. A droite, une goélette ancrée est en réparation; à gauche, la silhouette d'un clocher sur un ciel nuageux.

Gouache.

Signée en bas, à gauche.

Haut., 52 cent.; larg., 64 cent.

Pendant de la précédente.

PICARD (Genre de Bernard)

29 — *La Salle de jeu.*

> Des joueurs se battent; à gauche, par une porte, la garde
> entre dans la salle.
> Dessin au lavis d'encre de Chine.
>
> Haut., 28 cent.; larg., 42 cent.

REMBRANDT VAN RYN

30 — *La Femme de Rembrandt coiffée en cheveux*
   (Bartsch, 347).

> Épreuve de la vente Ambroise Féru.

ROBERT (Hubert)

31 — *Paysage pris derrière les jardins du château*
   de Caprasole.

> Sanguine.
> Signé et datée : R., 1766.

TAUNAY (Nicolas-Antoine)

32 — *Le Moulin.*

> Un moulin, bâti sur pilotis, est représenté près d'un
> torrent; divers personnages sur une route; site pittoresque.
> Importante gouache.
>
> Haut., 78 cent. ; larg., 1 m. 22.

VAUZELLES

33 — *Le Pont au Change.*

> Aquarelle.
> Signé à droite.

———

34 — *Quatre petits fixés anciens de forme ronde :*
   chocs de cavalerie et paysages animés.

TABLEAUX

ARIANO

35 — *Fleurs dans un vase de cristal.*

Toile. Haut., 57 cent.; larg., 45 cent.

BACHELIER (École de Jacques-Joseph)

36 — *Portrait d'un chien King-Charles couché sur un coussin rouge.*

Toile. Haut., 43 cent.; larg., 37 cent.

BEAUBRUN

37 — *Portrait de la comtesse de Sainte-Croix en chasseresse.*

Debout, vue jusqu'aux genoux, de trois quarts vers la gauche, la tête presque de face, ornée d'un panache de plumes. Le corsage de satin blanc largement décolleté, traversé d'un manteau rouge, est orné de perles. Elle s'appuie de la main droite sur une lance.

Toile. Haut., 1 m. 10; larg., 81 cent.

Cadre en bois sculpté et doré. Louis XIII.

BEAUBRUN (École de)

38 — *Portrait présumé de la duchesse de Chevreuse.*

En buste, de trois quarts. Des perles aux oreilles et au cou; vêtue d'un corsage à petites fleurs brodées, surmonté d'une écharpe de gaze jaune.

Toile. Haut., 75 cent.; larg., 60 cent.

Cadre Louis XIII, bois sculpté.

BEAUME (Joseph)

39 — *Les Derniers moments.*

Toile. Haut., 32 cent.; larg., 24 cent.

BOL (Ferdinand)

40 — *Portrait d'un jeune homme.*

Coiffé d'une toque de velours noir, vêtu d'un manteau orné de fourrures.

Toile. Haut., 63 cent.; larg., 52 cent.

BOL (École de Ferdinand)

41 — *Portrait d'un savant.*

De trois quarts vers la droite, coiffé d'une calotte de velours noir et vêtu d'un pourpoint noir: il tient de la main droite un feuillet.

Toile. Haut., 76 cent.; larg., 62 cent.

BOL (D'après Ferdinand)

42 — *Portrait de jeune homme.*

Toile. Haut., 22 cent.; larg., 18 cent.

BONVIN (François)

43 — *Nature morte.*

Sur une table de cuisine, une casserole de terre, deux oignons.

Signé et daté, en haut : *F. Bonvin, 1880.*

Bois. Haut., 8 cent.; larg., 9 cent.

47

2600

46

2600

BONVIN (François)

44 — *Nature morte.*

Sur une table de cuisine, deux harengs sur un gril, une carotte, un couteau.

Signé et daté, en haut : *F. Bonvin, 1880.*

Bois. Haut., 8 cent.; larg., 9 cent.

BOSIO (Jean)

45 — *La Toilette de bébé.*

Signé en bas du monogramme : *B O.*

Toile. Haut., 32 cent.; larg., 24 cent.

BOUCHER (École de François)

46 — *La Chute d'eau.*

Des pêcheurs et une femme vont jeter leur filet dans une rivière qu'encadrent des arbres au milieu des rochers.

Toile. Haut., 1 m. 20; larg., 1 m. 55.

Encadrement chantourné en bois sculpté et doré.
Cette peinture a été agrandie.

BOUCHER (École de François)

47 — *La Pêche à la ligne.*

Au premier plan, un pêcheur et sa compagne pêchent à la ligne dans un cours d'eau au milieu des rochers, encaissé parmi des bouquets d'arbres.

Toile. Haut., 1 mètre; larg., 1 m. 45.

Encadrement chantourné en bois sculpté et doré.
Cette peinture a été agrandie.

BOUCHER (École de François)

48 — *Ruines dans un paysage.*

Une jeune femme, assise sur un tertre, tend la main à un petit garçon; à droite, un homme est assis sur un arbre.

Toile. Haut., 1 mètre; larg., 1 m. 45.

Encadrement chantourné en bois sculpté et doré.
Cette peinture a été agrandie.

BOUCHER (École de François)

49 — *Paysanne traversant un gué, suivie de son troupeau au milieu d'un paysage.*

Toile. Haut., 93 cent.; larg., 72 cent.

Cadre Louis XIV, bois sculpté et doré.

BOURDON (Sébastien)

50 — *Portrait de Molière.*

Vu jusqu'aux genoux, assis devant sa table de travail où sont posés son écritoire et des feuillets : enveloppé d'une hongreline jaune à revers de satin violet, le bras gauche et la main droite appuyés sur la table.

A été gravé par Beauvalet.

Toile. Haut.. 1 m. 12 ; larg., 86 cent.

BREKELEMKAMP (École de)

51 — *La Fileuse.*

Dans un intérieur, une femme. assise près d'une fenêtre, est occupée à filer.

Bois. Haut., 28 cent.; larg., 24 cent. 1/2.

BREUGHEL DE VELOURS (École de)

52 — *Réjouissances champêtres.*

Toile. Haut., 30 cent.; larg., 37 cent.

BREUGHEL (Genre de)

53 — *Intérieur d'auberge.*

De joyeux buveurs sont attablés à manger et boire.

Bois. Haut.. 20 cent. 1/2 ; larg., 27 cent.

BREYDEL (Attribué à Charles, dit Le Chevalier)

54 — *Le Renseignement.*

Toile. Haut., 74 cent.; larg., 68 cent.

BRONZINO (D'après)

55 — *Portrait d'un seigneur italien.*

Copie moderne.

Toile. Haut., 81 cent.; larg., 65 cent.

BRUANDET (Lazare)

56 — *Paysage vallonné.*

Signé en bas du monogramme : *L. B.*

Bois. Haut., 25 cent.; larg., 36 cent.

BRUANDET (École de L.)

57 — *Paysage historique.*

Toile. Haut., 1 m. 73; larg., 1 mètre.

CARESME (Attribué à)

58 — *Bacchanale.*

Dans un paysage des nymphes et des faunes s'enlacent.

Toile. Haut., 40 cent.; larg., 37 cent.

COUTURE (Thomas)

59 — *Orgie romaine, ou les Romains de la décadence.*

Esquisse.

Toile. Haut., 16 cent.; larg., 31 cent.

DAUZATS (A.)

60 — *Intérieur de l'église Saint-Roch.*

Étude sur carton.
Signé en bas, à droite.

Haut., 45 cent.; larg., 36 cent.

DAVIES (G.)

61 — *Scène d'Hamlet.*

Signé en bas, à gauche : *G. Davies.*

Toile.

DELACROIX (Eugène)

62 — *Portrait de Mlle Heindericks.*

On lit dans *Eug. Delacroix*, par Alf. Robaut, au n° 713 :

« Toile cintrée du haut. — Haut., 1 m. 40 ; larg., 1 m. 06. Signé et daté au bas, à droite, sur le terrain : *E. Delacroix*, *1840.*

» Mademoiselle Heindericks était religieuse Clarisse. Sa famille descendait, dit-on, de Van Dyck. Devant cette image si expressive de la beauté moderne, les dernières lignes de l'écrit de Delacroix, intitulé « Question du beau », nous reviennent à la mémoire et nous voulons les mettre sous les yeux du lecteur :

» Quoi ! le beau, ce besoin et cette pure satisfaction de notre nature, ne fleurirait que dans des contrées privilégiées, et il nous serait interdit de le chercher autour de nous ! la beauté grecque serait la seule beauté ! Ceux qui ont accrédité ce blasphème sont des hommes qui ne doivent sentir la beauté sous aucune latitude, et qui ne portent point en eux cet écho intérieur, qui tressaille en présence du beau et du grand. Je ne croirai point que Dieu ait réservé aux Grecs seuls de produire ce que nous, hommes du Nord, nous devons préférer ; tant pis pour les yeux et les oreilles qui se ferment, et pour ces connaisseurs qui ne veulent ni connaître, ni, par conséquent, admirer ! Cette impossibilité d'admirer est en proportion de l'impossibilité de s'élever. C'est aux intelligences d'élite qu'il est donné de réunir dans leur prédilection ces types différents de la perfection, entre lesquels les savants ne voient que des abîmes. Devant un Sénat qui serait composé de grands hommes, les disputes de ce genre ne seraient pas longues.

» Je suppose réunir ces vives lumières de l'art, ces modèles de la grâce ou de la force, ces Raphaël, ces Titien, ce Michel-Ange, ces Rubens... Je les suppose réunis pour classer les talents et distribuer la gloire, non pas seulement à ceux qui ont suivi dignement leurs traces, mais pour se rendre entre eux la justice que l'assentiment des siècles ne leur a pas refusée : ils se reconnaîtraient bien vite à une marque commune, à cette puissance d'exprimer le beau, mais d'y atteindre chacun par des routes différentes. »

Nota. — Cette peinture a été lacérée, rentoilée et restaurée.

66

DELACROIX (Eugène)

63 — *Buste d'un Arabe.*

Alfred Robaut dit au n° 661 :

« Le 23 août 1838, Delacroix écrit à M*** qu'il lui envoie sur sa demande, uniquement pour lui être agréable, ce portrait d'un Arabe quelconque, plutôt que celui de Yousouf, qu'il n'a pour ainsi dire point vu. »

Toile.

DEMARNE (École de)

64 — *L'Heure du repos.*

Des paysans et leurs compagnes gardent leur bétail.

Bois. Haut., 37 cent.; larg., 47 cent.

DENIS

65 — *La Passage du gué.*

Dans un site montagneux, un pâtre et sa compagne, suivis de leur troupeau, traversent un gué.

Signé et daté en bas, à gauche : *Denis, 1805.*

Toile. Haut., 75 cent.; larg., 57 cent.

DETAILLE (Édouard)

66 — *Le Renseignement.*

Une troupe de gendarmes d'ordonnance (1806) traverse un village alsacien dont on voit les maisons et le clocher pittoresques. En avant, le chef, sans s'arrêter, demande un renseignement à un Alsacien qui le lui donne en étendant sa main droite; au premier plan, un autre Alsacien regarde les soldats en fumant sa pipe ; un chien se tient près de ses maîtres.

Signé et daté en bas, à gauche : *Édouard Detaille, 1894.*

Toile. Haut., 56 cent.; larg., 42 cent.

DETAILLE (Édouard)

67 — *Artilleur à cheval.*

De profil à gauche.

Signé et daté en bas, à droite : *Édouard Detaille, 1875.*

Bois. Haut., 22 cent.; larg., 16 cent.

DIAZ DE LA PENA (N.)

68 — *Paysage de la Campagne romaine.*

Toile.

DOMINIQUIN (D'après)

69 — *Enfant endormi.*

Toile.

DROLLING (École de M.)

70 — *Portrait de femme en costume blanc de l'Empire.*

Toile. Haut., 46 cent. ; larg., 48 cent.

DUJARDIN (Karel)

71 — *Le Cheval blanc.*

Sur le bord d'une route, un jeune paysan, vu de dos, caresse un cheval blanc.

Toile. Haut., 38 cent.; larg., 54 cent.

DUNOUY (A.-Hyacinthe)

72 — *Pâtres gardant leur troupeau dans un paysage agreste.*

Toile. Haut., 1 mètre; larg., 1 m. 38.

DUPLESSIS-BERTAUX

73 — *Une réquisition.*

Un officier monté prend de son chef les derniers ordres de réquisition.

Bois. Haut., 46 cent.; larg., 55 cent.

ÉCOLE ANGLAISE (XVIIIe siècle)

74 — *Portrait d'homme en habit rouge.*

Toile ovale. Haut., 60 cent.; larg., 50 cent.

ÉCOLE FLAMANDE (XVIIe siècle)

75 — *Paysage maritime.*

Bois. Haut., 20 cent.; larg., 30 cent.

ÉCOLE FRANÇAISE

76 — *Portrait de femme.*

Toile ovale. Haut., 64 cent.; larg., 53 cent. 1/2.

ÉCOLE FRANÇAISE

77 — *Le Coup de l'étrier.*

Signé du monogramme : *V. J.*

Toile. Haut., 60 cent.; larg., 70 cent.

ÉCOLE FRANÇAISE (XVIe siècle)

78 — *Le Roi Louis XIII.*

Bois. Haut., 35 cent.; larg., 28 cent.

ÉCOLE FRANÇAISE (XVIe siècle)

79 — *Portrait d'une femme de qualité.*

Bois. Haut., 41 cent.; larg., 33 cent.

Cadre bois sculpté Louis XIII.

ÉCOLE FRANÇAISE
(Commencement du XVIIe siècle)

80 — *La Seine à Paris.*

A gauche, le Louvre; dans le milieu et au fond, le Pont-Neuf et les monuments de la Cité.

Très rare spécimen de vue d'ensemble.

Toile. Haut., 1 mètre; larg., 2 m. 10.

ÉCOLE FRANÇAISE (XVIIe siècle)

81 — *Portrait d'une princesse.*

Presque de face, corsage décolleté, et corselet orné de pierreries: manteau à fleurs de lis doublé d'hermine.

> Toile ovale. Haut., 42 cent.; larg., 33 cent.

Cadre Louis XIV en bois sculpté et doré.

ÉCOLE FRANÇAISE (XVIIe siècle)

82 — *Portrait d'une jeune princesse.*

De face, la tête légèrement inclinée sur l'épaule gauche. Un manteau bleu doublé d'hermine l'enveloppe.

> Toile ovale. Haut., 42 cent.; larg., 33 cent.

Cadre Louis XIV en bois sculpté et doré.

ÉCOLE FRANÇAISE (XVIIe siècle)

83 — *Portrait d'une princesse.*

De trois quarts vers la gauche, la tête presque de face, vêtue d'un corsage rouge orné de dentelles, enveloppée d'un manteau bleu doublé d'hermine.

> Toile ovale. Haut., 42 cent.; larg., 33 cent.

Cadre Louis XIV en bois sculpté et doré.

ÉCOLE FRANÇAISE (XVIIe siècle)

84 — *Portrait de jeune fille.*

De face, la tête légèrement inclinée sur l'épaule droite. Elle est vêtue d'un corsage de brocart d'or orné de fleurs et d'un manteau bleu.

> Toile ovale. Haut., 42 cent.; larg., 33 cent.

Cadre Louis XIV en bois sculpté et doré.

ÉCOLE FRANÇAISE (XVIIe siècle)

85 — *Portrait de Monsieur.*

> Bois. Haut., 35 cent.; larg., 28 cent.

ECOLE FRANÇAISE (XVIIᵉ siècle)

86 — *Portrait de jeune femme.*

De trois quarts à droite, la tête presque de face. Un collier de perles à pendentif orne son cou. Elle est vêtue d'un corsage rouge cerise.

ÉCOLE FRANÇAISE (XVIIᵉ siècle)

87 — *Portrait de Mˡˡᵉ de Montpensier.*

Presque de face, vêtue d'un corsage décolleté à broderies et à petits crevés; un collier de perles au cou.

Bois. Haut., 35 cent.; larg., 28 cent.

ÉCOLE FRANÇAISE (XVIIᵉ siècle)

88 — *Portrait de Mᵐᵉ de Bassompierre.*

Presque de face, la chevelure blonde à petites frisures, vêtue d'un corsage de soie grenat; un collier de grosses perles orne son cou.

Bois. Haut., 35 cent.; larg., 28 cent.

ÉCOLE FRANÇAISE (XVIIᵉ siècle)

89 — *Portrait de femme.*

Presque de face, vêtue d'un corsage en satin gris, un collier de perles au cou.

Bois. Haut., 35 cent.; larg., 28 cent.

ÉCOLE FRANÇAISE (XVIIIᵉ siècle)

90 — *Portrait de femme.*

A mi-corps, vêtue d'une robe de soie grise brochée d'argent et enveloppée d'un manteau rouge.

Toile. Haut., 81 cent.; larg., 65 cent.

Cadre Louis XIV, bois sculpté.

ECOLE FRANÇAISE (XVIIIe siècle)

91 — *Jeune femme à mi-corps écrivant une lettre.*

Toile. Haut., 81 cent.; larg., 65 cent.

Cadre Louis XIV, bois sculpté.

ÉCOLE FRANÇAISE (XVIIIe siècle)

92 — *L'Heureuse famille.*

Toile. Haut., 24 cent.; larg., 32 cent.

ÉCOLE FRANÇAISE (XVIIIe siècle)

93 — *Petite fille endormie.*

Toile ovale. Haut., 50 cent.; larg., 40 cent.

ÉCOLE FRANÇAISE

94 — *Le Portique ruiné.* Dans la manière de Lalle-
ment.

Dans un paysage avec personnages, se dresse un portique
en ruine.

Toile. Haut., 98 cent.; larg., 1 m. 30.

ÉCOLE FRANÇAISE (XIXe siècle)

95 — *La Fille du Titien.* D'après Le Titien.

Toile. Haut., 81 cent.; larg., 65 cent.

ECOLE HOLLANDAISE (XVIIe siècle)

96 — *Nature morte.*

Guitare, escarcelle, cartes, etc., sur un entablement de
pierre, et bouquet d'œillets dans un vase en cristal.

Bois. Haut., 75 cent.; larg., 58 cent.

ÉCOLE HOLLANDAISE (XVIIe siècle)

97 — *Le Repos du troupeau.*

Au centre d'une grotte, un cheval blanc, debout, domine le troupeau. Par l'ouverture, donnant dans la campagne, on voit un enfant conduisant un cheval et suivi par un cavalier.

Toile. Haut., 35 cent. ; larg., 43 cent.

ÉCOLE HOLLANDAISE (XVIIe siècle)

98 — *Portrait d'homme.*

De trois quarts vers la gauche, vêtu d'un pourpoint noir.

Bois ovale. Haut., 40 cent. ; larg., 32 cent.

ÉCOLE HOLLANDAISE (XVIIe siècle)

99 — *Danse et festin.*

Bois. Haut., 52 cent. ; larg., 67 cent.

ÉCOLE HOLLANDAISE (XVIIe siècle)

100 — *Portrait de femme.*

Presque de face vers la droite, elle est vêtue d'une robe noire, à col et manches de tulle.

Bois. Haut., 21 cent. ; larg., 16 cent.

ÉCOLE HOLLANDAISE (XVIIIe siècle)

101 — *Vue de Hollande.*

Bois. Haut., 22 cent. ; larg., 33 cent.

ÉCOLE ITALIENNE

102 — *Femme à demi nue dans un paysage.*

Toile. Haut., 95 cent. ; larg., 1 m. 30.

ÉCOLE ITALIENNE (XVIII° siècle)

DEUX PENDANTS

103 — *Le Départ.*
L'Arrivée.

Cuivre. Haut., 16 cent. ; larg., 26 cent.

Cadres en bois sculpté et doré.

ÉCOLE MODERNE

DEUX PENDANTS

104 — *Guirlandes de fleurs.*

Les encadrements sont de l'époque Louis XV, en bois sculpté et doré.

Haut., 1 m. 40 ; larg., 60 cent.

ÉCOLE MODERNE

105 — *Bouquet de tulipes.*

Toile.

EISEN (Charles)

106 — *La Fête des Rois... Le Roi boit !*

Signé et daté en bas, à gauche.

Toile. Haut., 60 cent. ; larg., 73 cent.

GASSIES (Jean-Baptiste)

107 — *Les Falaises.*

Signé en bas, à gauche.

Haut., 24 cent. ; larg., 32 cent.

GÉRICAULT (D'après)

108 — *Chevaux à l'écurie.*

Toile.

93

1350

106

2.500

GREUZE (École de Jean-Baptiste)

109 — *Portrait de jeune femme.*

En buste, tournée vers la droite, la chevelure bouclée, ornée de rubans mauves, vêtue d'un corsage.

Toile. Haut., 48 cent. ; larg., 40 cent.

Cadre Louis XV, bois sculpté.

GRIFF

110 — *Gibier mort gardé par un chien dans un coin de paysage.*

HARPIGNIES (Henri)

111 — *Les Bords de l'Allier.*

Signé et daté en bas, à gauche : *Harpignies, 73.*

Toile. Haut., 19 cent. ; larg., 30 cent.

HOBBEMA (École de)

112 — *Paysage.*

Au premier plan, à droite, des personnages sont arrêtés sur le bord de la route, sous de grands arbres. En contre-bas, plus à gauche, un groupe de chaumières. Au fond, une rivière serpente aux pieds de collines.

Signé au bas, à droite, du monogramme : *D. V. B.*

Toile. Haut., 77 cent.; larg., 62 cent.

HOFER

113 — *La Petite mère.*

Signé et daté : *Hofer, 58.*

Toile. Haut., 48 cent. ; larg., 38 cent.

HUE (Jean-François)

114 — *Lever de soleil sur la Méditerranée.*

Toile. Haut., 42 cent.; larg., 56 cent.

JACQUE (Charles)

115 — *Coq et poules dans une écurie.*

Un coq et ses poules picorent dans une écurie.
Signé en bas, à gauche, *Ch. Jacque.*

Toile. Haut., 19 cent. ; larg., 27 cent.

JACQUE (Genre de Ch.)

116 — *Troupeau de moutons dans un paysage.*

Copie.

Toile.

JACQUET (Gustave)

117 — *Portrait de M*^{lle} *B...*

Signé à gauche : *G. Jacquet.*

Bois. Haut., 33 cent.; larg., 24 cent.

LANGE

118 — *Portrait d'un chien de chasse blanc.*

Signé en bas, à droite : *Lange pinx.*

Toile. Haut., 37 cent.; larg., 45 cent.

LANTARA (École de J.-B.-S.)

119 — *Chaumière au bord d'une rivière (effet de lune).*

Bois. Haut., 26 cent.; larg., 30 cent.

LARGILLIERRE (Nicolas de)

120 — *Portrait du conseiller de Grivel, plus tard devenu président de Cour.*

Toile. Haut., 75 cent.; larg., 62 cent.

115

2350

111

1020

LEFEBVRE (École de Claude)

121 — *Portrait d'un amiral ou d'un lieutenant-général.*

A mî-corps, la main droite appuyée sur sa canne de commandement.

Toile ovale. Haut., 1 mètre; larg., 80 cent.

Cadre Louis XIV en bois sculpté.

LE FEVRE (École de Robert)

122 — *Portrait de jeune femme.*

A mi-corps. Les bras croisés, se détachant sur un paysage à terrain découvert.

Toile. Haut., 81 cent.; larg., 65 cent.

LEGRAND

123 — *La Jolie marchande de cerises.*

Signé en bas, à gauche.

Toile. Haut., 40 cent.; larg., 34 cent.

LEVY (Émile)

124 — *Jeune bergère.*

Signé en bas, à droite : *Émile Levy.*

Bois. Haut., 24 cent.; larg., 18 cent.

LOONE (Van den)

125 — *La Fin d'un repas.*

Toile. Haut., 73 cent.; larg., 96 cent.

LUCATELLI (André)

126 — *La Danse champêtre.*

Au centre, près d'un portique en ruine, un groupe danse au son de la guitare dont joue un compagnon monté sur une table et entouré de buveurs.

Toile. Haut., 61 cent.; larg., 43 cent.

MANS

127 — *Fête nautique.*

Au bord d'une rivière, on aperçoit une foule de paysans dans des barques sillonnant les ondes en tous sens.
Signé en bas, à droite.

Toile. Haut., 37 cent.; larg., 50 cent.

MIEREVELD

128 — *Portrait de dame Van der Heer, de Delft.*

Bois. Haut., 70 cent.; larg., 57 cent.

Cadre Louis XIII en bois sculpté.

MIGNARD (Nicolas)

129 — *Portrait d'Anne d'Autriche.*

Vue à mi-corps, des perles aux oreilles et au cou ; elle est coiffée de la couronne royale, vêtue d'une robe costume à grand col de dentelle et d'hermine ; elle retient sur la poitrine une mèche de ses cheveux.

Toile. Haut., 75 cent.; larg., 60 cent.

Cadre Louis XIII en bois sculpté.

MIGNARD (École de)

130 — *Portrait de jeune femme.*

En buste, de face, vêtue d'une robe jaune décolletée

Toile ovale. Haut., 65 cent.; larg., 55 cent.

MONNOYER (Jean-Baptiste)

PENDANT DU SUIVANT

131 — *Nature morte.*

Roses, tulipes, œillets, boules de neige, dans un vase posé sur un entablement de pierre.
Signé en bas : *Baptiste.*

Toile. Haut., 90 cent.; larg., 70 cent.

128

2500

40

1410

MONNOYER (Jean-Baptiste)

PENDANT DU PRÉCÉDENT

132 — *Nature morte.*

Gros œillets, anémones et lilas, dans un vase posé sur un entablement de pierre.
Signé en bas : *Baptiste.*

Toile. Haut., 90 cent.; larg., 70 cent.

MONNOYER (D'après J.-B.)

133 — *Quatre dessus de porte.*

Bouquets de fleurs dans une corbeille posée sur un entablement de pierre.

Toile. Haut., 64 cent.; larg., 1 m. 50.

Encadrements en bois sculpté et de style Louis XV.

MONTENARD

134 — *Paysage de Provence.*

Signé en bas, à droite.

Toile. Haut., 45 cent.; larg., 65 cent.

MOZIN

135 — *Le Petit port.*

Signé en bas, à droite.

Toile. Haut., 30 cent.; larg., 40 cent.

OSTADE (École d'Adrien van)

136 — *Le Déjeuner.*

Deux villageois sont attablés dans un cabaret; à gauche, des enfants s'amusent près d'une grande fenêtre à vitrail.

Toile. Haut., 57 cent.; larg., 47 cent.

PALIZZI (Felipe)

137 — *Les Quatre amis.*

Toile. Haut., 40 cent.; larg., 56 cent.

POUSSIN (École de Nicolas)

138 — *Paysage d'Italie.*

Trois personnages sur un tertre, au bord d'un lac ; derrière, sur une colline, un château à demi caché par les arbres d'un bois. Au fond, un site montagneux se détachant sur un ciel orné de nuages.

Bois. Haut., 1 mètre ; larg., 1 m. 65.

PRIMATICE (École du)

139 — *Nativité.*

Bois. Haut., 1 m. 05 ; larg., 80 cent.

RANSONNETTE

140 — *Petite maison à Essomes, près Château-Thierry.*

Signé en bas, à gauche.

Bois. Haut., 26 cent. ; larg., 18 cent.

REMBRANDT (D'après)

141 — *La Descente de Croix.* Copie du XVIIe siècle.

Toile. Haut., 1 mètre ; larg., 81 cent.

RENARD

142 — *Paysage hollandais.*

Bestiaux conduits par un cavalier.
Signé en bas, à droite : *Renard.*

Bois. Haut., 30 cent. ; larg., 40 cent.

RIGAUD (École de Hyacinthe)

143 — *Portrait du duc de Vendôme.*

En buste, vêtu d'une cuirasse, le grand cordon du Saint-Esprit en écharpe.

Toile. Haut., 67 cent. ; larg., 60 cent.

Cadre bois sculpté Louis XIV.

RUYSDAEL (Salomon)

144 — *Les Pêcheurs.*

Près d'un pigeonnier, sur les bords d'une rivière, des paysans pêchent à la ligne.

Signé en bas, à gauche.

Bois. Haut., 40 cent.; larg., 55 cent.

SALVATOR ROSA (École de)

145 — *Cavalier militaire.*

Toile. Haut., 33 cent.; larg., 25 cent.

SANTERRE (Attribué à J.-B.)

146 — *La Méditation.*

Toile. Haut., 81 cent.; larg., 65 cent.

SCHENDEL (Pierre van)

DEUX PENDANTS

147 — *La Dentellière.*
Effet de lumière.

Bois. Haut., 28 cent.; larg., 22 cent.

STEEN (École de Jean)

148 — *La Fin d'une orgie.*

Toile. Haut., 64 cent.; larg., 78 cent.

STEEN (Genre de Jean)

149 — *Intérieur d'auberge.*

Au centre de l'auberge, un galant enlace une jeune servante. Autour d'eux, des joyeux buveurs sont attablés.

Bois. Haut., 60 cent.; larg., 50 cent.

STEVENS

150 — *Marine.*

Signé au bas, à droite.

Bois. Haut., 33 cent. ; larg., 24 cent.

STEVENS (Antoine-Palamèdes)

151 — *Portrait d'un savant, assis à une table, dans son cabinet de travail.*

Signé et daté, à droite : *1657.*

Toile. Haut., 1 m. 08; larg., 1 m. 25.

TESSON

152 — *La Boutique de légumes d'un marchand arabe.*

Signé à gauche, sur une pierre.

Toile. Haut., 19 cent.; larg., 24 cent.

TILBORGH (Gilles van)

153 — *Intérieur d'alchimiste, effet de lumière.*

Bois. Haut., 29 cent.; larg., 23 cent.

TROY (Nicolas de)

154 — *La Samaritaine.*

Toile. Haut., 78 cent.; larg., 1 mètre.

VELDE (École de van de)

155 — *Moutons au repos.*

Toile. Haut., 30 cent.; larg., 37 cent.

VENNE (Van der)

156 — *Grotesques.*

Réunion de gens déguisés, chantant et vociférant, tandis qu'un chien aboie après eux.

Signé en bas, à droite, du monogramme : *D. V. V.*

Bois. Haut., 38 cent.; larg., 35 cent.

VERMEULEN (E.)

157 — *Chaumière à l'orée d'un bois.*

Toile. Haut., 24 cent.; larg., 32 cent.

VISONE (Joseph)

DEUX PENDANTS

158 — *Vue du château Saint-Ange.*

Signé et daté, à gauche : *1835.*

Vue du Forum.

Signé et daté au bas : *1835.*

Toiles. Haut., 28 cent.; larg., 42 cent.

VERNET (Attribué à Joseph)

159 — *Marine.*

Au premier plan, un groupe de personnages semble attendre le produit de la pêche qu'un bateau, plus au large, débarque. A gauche, sur un rocher à pic, un fort domine la campagne ; plus au fond, se détachant sur le ciel nuageux d'un soleil couchant, d'autres rochers et des barques.

Signé au bas, sur un rocher, du monogramme : *J. V., 1747.*

Toile. Haut., 73 cent.; larg., 98 cent.

VOS (École de Corneille de)

160 — *Portrait de femme.*

Représentée à mi-corps, assise et tournée vers la droite, coiffée d'un bonnet blanc, le cou orné d'une collerette et vêtue d'une robe de drap noir.

A gauche, on lit l'inscription suivante : *Ætatis mea 53,* monogrammé et daté : *A. V., 1648.*

Bois. Haut., 42 cent.; larg., 32 cent.

WATELET

161 — *Le Moulin à eau.*

Signé et daté en bas, à droite.

Toile. Haut., 65 cent.; larg., 81 cent.

WITT (De)

162 — *Deux amours enguirlandent de fleurs un vase en pierre. Grisaille.*

Signé en bas : *de Witt.*

Haut., 1 m. 10; larg., 76 cent.

---

163 — Tableaux omis au catalogue.

Objets d'Art & d'Ameublement

PORCELAINES & FAIENCES

164 — COUPE ronde en ancienne porcelaine de Chine, décor
bleu sur blanc, reposant sur un socle en bois ajouré.

165 — DEUX GRANDES BOUTEILLES en ancienne porcelaine de la
Chine, à panses renflées, décor à réserves en bleu sur blanc.

166 — POTICHE couverte en ancienne porcelaine de Chine,
décor bleu sur blanc.

167 — DEUX PLATS creux en ancienne porcelaine de Chine,
famille verte.

168 — UN PLAT en ancienne porcelaine de Chine, famille rose,
marli à décor rouge veiné rehaussé d'or.

169 — DEUX VASES en porcelaine de Canton.

170 — FONTAINE en ancienne porcelaine du Japon, forme de
pyramide.

171 — QUATRE PLATS en porcelaine du Japon.

172 — TROIS COUPES en porcelaine du Japon.

173 — ASSIETTE en ancienne porcelaine du Japon, décor euro-
péen à personnages.

174 — Deux plats en ancienne porcelaine du Japon, décor polychrome sur fond blanc.

175 — Assiette en porcelaine décorée, dans un cadre doré.

176-177 — Lot de tasses et soucoupes en porcelaine de Chine, Japon, Saxe, Paris et divers.

178 — Théière et deux tasses avec soucoupes, en biscuit de Wedgwood.

179 — Deux pièces : présentoir et coupe, en ancienne porcelaine d'Orléans, décor à bouquets de fleurs sur fond blanc.

180 — Deux cache-pots en porcelaine décorée, genre Saxe, à réserves sur fond rose.

181 — Deux assiettes en porcelaine décorée, genre Sèvres.

182 — Deux vases en porcelaine de Locré, décor à médaillons en camaïeu, fonds dorés; anses formées par des bustes de femmes ailées.

183 — Une tasse a thé avec deux soucoupes en émail sur argent, et deux petites cuillers en vermeil, manches émaillés.

184 — Plat creux, en ancienne faïence d'Urbino : Scène à personnages dans un paysage, avec ruines. Cadre en bois noir, à filets or.

185 — Plaque à piédouche, en ancienne faïence d'Urbino : Vénus et l'Amour sur des Dauphins. Cadre en bois sculpté à jour et parties dorées.

186 — Quatre assiettes en faïence d'Urbino, décor à personnages.

187 — Plat en ancienne faïence italienne, offrant, au centre, une figure d'amour au milieu de compartiments à chimères et fleurs. Cadre en bois noir, à filets d'or.

188 — GRAND PLAT en ancienne faïence italienne, décor bleu sur blanc, présentant, au centre, une chasse au loup, et, sur le marli, des rinceaux feuillagés.

189 — ASSIETTE, en ancienne faïence italienne, offrant, au centre, une figure d'amour.

190 — PLAQUE rectangulaire, en faïence italienne : le Triomphe de Diane.

191 — VASE à panse renflée, en faïence italienne.

192 — GRAND DRAGEOIR en faïence italienne.

193-195 — TROIS PLATS, en faïence italienne, de différents décors.

196 — PLAT en terre vernissée, décor en relief sur fond jaune.

197 — GRAND PLAT circulaire, en ancienne faïence à décor bleu sur blanc, présentant, au centre, des armoiries, et, sur le marli, des rinceaux et des lambrequins.

198 — TROIS PLATS en ancienne faïence de Delft. Décor chinois en bleu sur blanc.

199-200 — SIX ASSIETTES en ancienne faïence de Delft, décor polychrome dans le goût chinois.

201 — CINQ PLAQUES en faïence de Delft, décor à oiseaux et paysages.

202 — PLAT en ancienne faïence de Delft, décor chinois en bleu sur blanc.

203 — PETIT PLAT en ancienne faïence de Rouen, décor à la corne. Cadre en bois noir.

204 — DEUX ASSIETTES en ancienne faïence de Rouen, décor à la corne et à bouquets de fleurs.

205 — SEPT ASSIETTES en faïences diverses.

206 — TROIS BANNETTES en anciennes faïences de Rouen et Delft, décor bleu sur blanc.

207 — DEUX VASES de forme évasée et contournée, à piédouche, en ancienne faïence de Marseille, décorés de bouquets de fleurs et lambrequins. Ils reposent sur des socles en mêmes faïence et décor, également de forme contournée, et ajourés aux quatre faces. *Signés de la veuve Perrin.*

208 — PLAT ovale, décor dans le goût de Palissy.

209 — VASE en faïence bleue de Deck. Décor oriental.

210 — VASE rouleau en faïence de Gien. Décor de Rouen.

211 — AIGUIÈRE antique en terre cuite, décor à personnages sur la panse; anse formée par un dragon ailé.

212 — TROIS VASES en terre décorée genre étrusque.

OBJETS VARIÉS

213 — PETIT ÉMAIL ancien.

214 — PLATEAU à bords festonnés, en laque polychrome de l'Inde.

215 — PAIRE DE PETITS VASES en cristal, monture en bronze. Style oriental.

216 — DEUX BOITES en laque rouge incrustée d'ivoire.

217 — LOT DE COFFRETS, boîtes à jeux et à ouvrage.

218 — LOT DE SOCLES.

219 — LOT VERRERIE et céramique.

220 — LOT PETITS BRONZES.

221 — LOT OBJETS DE VITRINE, d'étagère et divers.

222 — FRAGMENTS DE SARCOPHAGE et de momie égyptienne.

SCULPTURES

223 — Vase-rouleau en marbre veiné.

224 — Vase en marbre blanc, forme Médicis.

225 — Coupe à piédouche en marbre jaune.

226 — Deux mains jointes en marbre sculpté : fragment d'une statue tombale. XVe siècle.

227 — Buste de Napoléon Ier en costume romain, en pierre sculptée, la figure patinée au ton de bronze. Piédouche en marbre.

228 à 230 — Trois bustes antiques en marbre blanc, têtes d'hommes.

231 — Bas-relief ancien en marbre blanc, scène de la vie pastorale.

232 — Bas-relief en marbre, médaillon : Vénus et l'Amour.

233 — Deux bas-reliefs en marbre blanc, représentant des docteurs de la Loi. Encadrement à consoles en chêne.

234 — Médaillon en marbre sculpté en bas-relief : la Vierge, l'Enfant Jésus et saint Jean. Cadre à colonnes en bois sculpté et doré. Style Renaissance.

235 — Médaillon sculpté en bas-relief en marbre blanc. Sujet allégorique à l'Amour.

236 — Deux bustes, bas-relief en marbre blanc, têtes de philosophes, appliqués sur plaques ovales en marbre veiné.

237 — Cinq médaillons ronds en marbre sculpté, représentant, en relief, les bustes de Jules César, Tibère, Claude, Vitellius et Vespasien.

238 — Deux médaillons ovales en marbre blanc, représentant, en bas-relief, des têtes de César laurées.

239 — Deux médaillons en marbre, représentant en bas-relief des têtes de César, laurées.

240 — Quatre médaillons ovales, marbre et terre cuite, représentant des têtes d'hommes et de femmes.

241 — Petit buste en bronze antique. Tête d'homme sur socle en marbre veiné.

242 — Statuette en bronze : Vénus à la tortue. Épreuve ancienne. Fin du xvii° siècle.

243 — Plaque en bronze, sujet en relief : Laocoon.

244 — Petit buste en terre cuite, par *Marin*. Portrait de Santerre. Signé au dos. Socle en marbre blanc.

245 — Grand médaillon en terre cuite, portrait de Philibert Delorme, architecte.

246 — Médaillon en plâtre. Bergère trayant une chèvre.

247 — Tête en chêne sculpté. Jeune faune.

248 — Buste de faune en bois sculpté, sur gaine enguirlandée de pampres.

249 — Groupe en albâtre. L'Amour et Psyché.

250 — Trois petits panneaux gothiques en bois sculpté.

251 — Petite plaque d'ivoire de forme ovale, présentant en haut-relief une statuette de Narcisse. Cadre bois noir.

ARMES

252 — Trois rapières à gardes ciselées et ajourées, quillons droits et recourbés.

253-254 — Quatre grandes épées à gardes en fer forgé et quillons droits.

255 — Casque bourguignote en fer gravé.

256 — Partie d'armure. Plastron en fer.

257 — Un criss malais, un poignard oriental, une flissah.

BRONZES D'AMEUBLEMENT ET CUIVRES

258 — Grande lanterne d'escalier, en bronze doré, ornée de pendeloques en cristal. Style Louis XV.

259 — Lanterne d'antichambre, en bronze doré, de style Louis XV, aménagée pour le gaz.

260 — Appareil d'éclairage pour billard, aménagé au gaz.

261 — Petit lustre, forme de lampe juive, en cuivre poli.

262 — Lanterne d'antichambre en fer, à verres dépolis.

263 — Deux lampadaires en bronze. Style pompéien.

264 — Trois paires d'appliques en bronze, à cinq lumières, décor à faisceaux enrubannés, ornées de cristaux.

265 - Deux candélabres en bronze, à neuf lumières. Style de la Renaissance.

266 — Deux flambeaux en bronze doré, aménagés pour l'électricité. Style Louis XV.

267 — Trois paires de flambeaux en bronze.

268 — Paire de candélabres en bronze ciselé et doré, à trois lumières, formés par des cariatides de femmes et guirlandes.

269 — Paire de flambeaux en bronze, pieds formés par des dauphins.

270 — Paire de flambeaux en bronze, patine brune.

271 — Lampe juive, à quatre becs, en cuivre poli.

272 — Flambeau de bouillotte, à deux lumières, en émail cloisonné.

273 — Paire de flambeaux en bronze ciselé, doré et argenté, à groupes de cariatides d'enfants représentant les Quatre Saisons.

274 — Paire de candélabres en bronze, formés par des amours, patine brune, supportant trois lumières.

275 — Deux lanternes en tôle.

276 — Petite fontaine en bronze sur pied en bois de fer. Japon.

277 — Théière en bronze avec ornements en relief. Japon.

278 — Deux gobelets à anse en bronze, formés par des têtes de satyres couronnées de pampres.

279 — Deux coupes en émail cloisonné.

280 — Jardinière en émail cloisonné.

281 — Plat en émail cloisonné. Style chinois.

282 — Jardinière en cuivre gravé. Travail persan.

283 — Garniture de cheminée en bronze argenté et doré, avec socle en marbre vert de mer, composée d'une pendule à figure d'après Pradier, de deux lampes et de deux flambeaux à figures d'enfants.

284 — Vase en porcelaine du Japon, parties laquées ; monture en bronze supportant un bouquet de lis à neuf lumières.

285 — Pendulette et deux flambeaux en bronze doré, ornés de figurines et de fleurettes en porcelaine genre Saxe.

286 — Jardinière en ancienne porcelaine de l'Inde, monture en bronze ciselé et doré ; support formé par quatre amours réunis par des guirlandes de fleurs.

287 — LAMPE en grès de la Chine, montée en bronze doré.

288 — PAIRE DE LANDIERS en cuivre poli, à mufles de lions. Style Renaissance.

289 — UN LOT de pelles, pincettes et galeries de foyer.

290 -- AIGUIÈRE et son bassin en cuivre poli.

29! — PAON en cuivre gravé et repercé. Travail persan.

292 — ÉCUELLE à oreilles en étain.

293 — CORNET en cristal, monture en bronze à figures d'amours.

294 — LAMPE en porcelaine gros bleu, monture en bronze; disposée pour l'électricité.

295 — QUATRE PLATS en cuivre repoussé.

MEUBLES

296 — GRAND MEUBLE-CABINET en bois noir sculpté et gravé, s'ouvrant à nombreux tiroirs. Le milieu du meuble offre, en retrait, une partie d'aspect architectural marquetée d'ivoire et ornée de glaces. Il est supporté par quatre colonnes torses ornées de pampres, reposant sur un entablement. XVIIe siècle.

1550

297 — SECRÉTAIRE en bois de rose et bois de violette. Entrées de serrure en bronze. Marbre gris. Époque Louis XV.

1000

298 — SECRÉTAIRE en marqueterie de bois de rose à losanges, s'ouvrant à abattant; un tiroir et deux vantaux dans le bas. Dessus en marbre. Époque Louis XVI. Signé de *Rubestück*.

700

299 — GRANDE ARMOIRE normande en noyer sculpté et mouluré. Époque Louis XV.

180

300 — COMMODE en marqueterie de bois rose, forme tombeau, ornée de bronzes dorés. Marbre gris. Époque Louis XV.

510

449

301 — PETIT MARCHEPIED en bois doré, couvert en velours rouge et tapisserie.

302 — MEUBLE formant secrétaire et s'ouvrant à quatre tiroirs, en marqueterie de bois rose et bois de violette; dessus de marbre. Style Louis XV.

1420

303 — ARMOIRE à portes pleines, à deux vantaux, en bois de placage, bois rose et bois de violette, ornée de bronzes.

3005

304 — GRANDE ARMOIRE à deux portes pleines en bois doré; les portes et les côtés en laque de Coromandel, sujets à personnages dans des paysages, fleurs et oiseaux.

3640

305-306 — DEUX BAHUTS en bois sculpté et doré, ornés de panneaux en laque de Coromandel; décor d'oiseaux, d'arbres et de fleurs, sur fond noir; ils s'ouvrent à un vantail et reposent sur des pieds formés par des dragons; dessus en marbre brèche.

1.120

307 — DEUX MEUBLES D'ENTRE-DEUX à hauteur d'appui, de forme contournée, s'ouvrant à deux vantaux, formés par des panneaux en laque de Coromandel; décor à personnages dans des intérieurs et des jardins; ornements en bronze ciselé et doré. Dessus en marbre rouge griotte.

740

308 — MEUBLE-CABINET en laque de Coromandel, décor présentant des chiens de Fô, des arbres et des fleurs, sur fond noir. Ornements en cuivre ciselé et gravé. Pied en bois doré et peint sur entablement en laque.

309 — MEUBLE étroit en chêne avec panneaux sculptés à figures de guerriers, s'ouvrant à deux vantaux séparés par un tiroir. XVIIᵉ siècle.

310 — UN MEUBLE à deux corps, le haut vitré, en chêne sculpté. Style Renaissance.

311-312 — DEUX GRANDES BIBLIOTHÈQUES en chêne sculpté. Style Renaissance. Le haut formant étagère, le bas à deux vantaux.

313 — Buffet en noyer, le bas s'ouvrant à deux vantaux, à dessus de marbre, surmonté d'un vaisselier à voussure et galerie. Style Renaissance.

314 — Grand buffet en noyer, à deux corps et voussure, s'ouvrant à trois vantaux. Style Renaissance.

315 — Armoire ouvrant à quatre vantaux, en noyer sculpté et mouluré. Style gothique.

316 — Banquette en chêne, formant coffre, avec dossier droit sculpté, garnie en tapisserie.

317 — Stalle en noyer sculpté et mouluré, à voussure. Style Renaissance.

318 — Porte-manteau-porte-parapluie en chêne, avec miroir.

319 — Étagère en chêne mouluré.

560 320 — Grande console en bois sculpté et doré, à entrejambes. Dessus de marbre noir veiné de blanc. Style Louis XIV.

321 — Petite table gigogne en marqueterie de bois rose et bois de violette.

322 — Deux consoles d'encoignure en bois sculpté et doré. Dessus en marbre rouge. Style Louis XVI.

323 — Grande table de salle à manger, à allonges, en noyer sculpté, piètement à entrejambe et galerie. Style Renaissance.

324 — Table a coulisse en noyer sculpté, à quatre pieds, à colonnes, avec entrejambe. Style Renaissance.

325 — Meuble vitrine à hauteur d'appui, en bois noir, à filets et ornements de cuivre, dessus en marbre noir.

400 326 — Grande table rectangulaire, en chêne sculpté, reposant sur six pieds reliés par un entrejambe, ornés de cariatides et s'ouvrant à quatre tiroirs. Style de la Renaissance,

327 — TABLE en chêne sculpté.

328 — TABLE en noyer tourné, pieds à entrejambes et colonnettes. Style Renaissance.

329 — TABLE à jeux, en noyer.

330 — TABLE en chêne, à pieds tors et entrejambes, s'ouvrant à un tiroir.

331 — TABLE en noyer, pieds à colonnettes et ogives. Style Renaissance.

332 — UNE TABLE à jeu, en marqueterie de cuivre sur bois noir et ornements de bronze doré. Genre Boulle.

333 — TABLE à jeu, sur marqueterie de bois de couleur et bois debout Style Louis XV.

334 — TABLE à ouvrage, en marqueterie de bois de couleur, décor à fleurs, pieds cambrés. Sabots en bronze.

335 — DEUX TABLES orientales, en marqueterie de nacre et d'ivoire.

336 — PLATEAU en cuivre repoussé et ciselé, sur un pied en bois, à colonnettes. Travail oriental.

337 — PORTE-CARTONS en bois noir gravé.

338 — DEUX PORTE-MUSIQUE en palissandre.

339 — PETITE VITRINE plate, en chêne.

340 — PORTE-GRAVURES en bois noir, garni de damas de soie rouge.

341 — PIED-SUPPORT en bois noir, à têtes d'éléphants.

342 — PETIT PARAVENT bas à cinq feuilles, en noyer, garni d'imitation de tapisserie.

343 — ÉCRAN en bois sculpté et doré ; feuille formant bannière en satin de Chine brodé à fleurs et oiseau.

344 — GLACE Psyché en acajou, à filets et incrustations de cuivre, ornements en bronze, pieds à griffes.

345 — GRANDE GLACE à fronton, à nœud de ruban.

346 — DEUX GLACES peintes, d'applique, à décor de personnages, cadres en bois sculpté avec porte-lumières.

347 — BILLARD en noyer, de la maison Poulain, avec ses accessoires : tableau, douze queues, porte-queues, jeu de billes.

348 — PIANO droit d'Érard, en palissandre orné de bronzes.

349 — CAISSE de Fichet, dissimulée dans un meuble en marqueterie d'écaille et de cuivre, genre Boulle.

350 — UN LOT DE CADRES.

SIÈGES

351 — MEUBLE DE SALON en bois sculpté et doré, couvert en soierie havane, style Louis XIV, composé de : un grand canapé, quatre fauteuils à hauts dossiers et quatre tabourets.

352 — TABLE-BOUILLOTE en acajou. Époque Louis XVI.

353 — VITRINE en palissandre, à fond de glace, s'ouvrant à une porte.

354 — GRAND BUREAU plat, style Louis XV, bois de placage orné de bronzes ; il est accompagné d'un bout de bureau-cartonnier.

355 — MEUBLE DE SALON composé d'un grand canapé, un autre canapé, six fauteuils en bois sculpté et doré, style Louis XIV : couvert en étoffe de soie brochée à fleurs sur fond verdâtre.

356 — Meuble de salon en bois laqué blanc et sculpté, de style Louis XVI, composé d'un canapé, deux fauteuils et six chaises, couvert en cretonne imprimée.

357 — Deux fauteuils en bois tourné, couverts en velours vieil or.

358 — Deux chaises à hauts dossiers, en noyer sculpté, garnies en tapisserie, genre point de Hongrie. Style Louis XIII.

359 — Petit meuble, composé d'un canapé, un fauteuil, deux chaises, recouverts en velours vert. Style anglais. Provenant de la *Maison Barbedienne*.

360 — Trois chaises de style Renaissance, couvertes en broderie et tapisserie.

361 — Deux chaises en noyer tourné, d'époque Louis XIII, couvertes en étoffes diverses.

362 — Deux chaises hollandaises en noyer sculpté à contours, couvertes en velours rouge. XVIIIe siècle.

363 — Escabeau à dossier en certosine.

364 — Fauteuil à haut dossier en noyer sculpté, pieds tors, couvert en tapisserie au point. Époque Louis XIII.

365 — Deux fauteuils en noyer, dossiers à ogives, couverts en cuir et cloutés. Style gothique.

366 — Petite banquette à deux accotoirs, en noyer sculpté, couverte en étoffe lamée.

367 — Trois chaises modèles divers, couvertes en tapisserie.

368 — Fauteuil de bureau à accotoirs formés par des dauphins.

369 — Chaise basse couverte en ancienne étoffe brodée à fleurs et rinceaux en soie polychrome sur fond vieil or.

370 — Pouf en bois sculpté et doré, couvert en satin brodé et appliqué, fond noir.

371 — Pouf en bois doré, recouvert en drap et tapisserie.

372 — Bois de fauteuil laqué blanc. Époque Louis XV.

373 — Tabouret de piano.

374 — Bois de canapé doré. Style Louis XV.

375 — Fort lot de rideaux et tentures variés. (Sera divisé.)

376 — Objets omis au catalogue.